26-agosto-07

Querida Isabel:

La palabra es ... Es un regalo valioso ? bien importante leerla, am obedecerla para que seas tu. Y todo te salga bien.

Aprendete todos estos versiculos y haz lo que te dicen.

Te amamos,
Tio Hauley y
titi Glenda

Betania es un sello de Editorial Caribe, Inc.

© 2002 Editorial Caribe, Inc.
Una división de Thomas Nelson, Inc.
Nashville, TN—Miami, FL, EE.UU.
www.caribebetania.com

Título en inglés: *Gifts From the Heart*
© 2000 Thomas Nelson, Inc.

Arte © 2000 Precious Moments, Inc.
Usado con permiso.

Las citas bíblicas son tomadas de
la Versión Reina-Valera 1960
© 1960 Sociedades Bíblicas Unidas en América Latina.
Usadas con permiso.

Traductora: Tulia Lavina

ISBN: 0-88113-729-4

Reservados todos los derechos.
Prohibida la reproducción total
o parcial en cualquier forma,
escrita o electrónica, sin la debida
autorización de los editores.

Impreso en Singapur
Printed in Singapore

Ahora permanecen la fe, la esperanza y el amor, estos tres; pero el mayor de ellos es el amor.

1 Corintios 13.13

Diferente a cualquier otra cosa en su creación, Dios creó al hombre no solo con la capacidad de amar, sino con la necesidad de dar amor y recibirlo. El que seleccionó este singular libro de pasajes bíblicos para usted está expresando sus sentimientos a través de este regalo. En estas hermosas páginas de ilustraciones conmovedoras y pasajes bíblicos alentadores, vislumbrará también el amor que siente por usted otra persona: su divino Padre. Mientras se deleita con los conocidos rostros de los adorables personajes de Sam Butcher, véase en la misma luz de inocencia y afecto con que Dios lo ve a usted. Luego, apréndase los versículos, para que incluso en sus días más oscuros pueda recordar el amor de Dios, amigos y familia que descubrió aquí.

Amarás a Jehová tu Dios
de todo tu corazón,
y de toda tu alma,
y con todas tus fuerzas.

Deuteronomio 6.5

El amor no hace
mal al prójimo;
así que el cumplimiento
de la ley es el amor.

Romanos 13.10

Toda la ley en esta sola palabra se cumple: Amarás a tu prójimo como a ti mismo.

Gálatas 5.14

Considerémonos unos a otros para estimularnos al amor y a las buenas obras.

Hebreos 10.24

Amados,
si Dios nos ha amado así, debemos también nosotros amarnos unos a otros.

1 Juan 4.11

Tenemos gran gozo
y consolación en tu amor,
porque por ti, oh hermano,
han sido confortados
los corazones de
los santos.

Filemón 7

Este es mi mandamiento: Que os améis unos a otros, como yo os he amado.

Juan 15.12

En esto conocerán todos que sois mis discípulos, si tuviereis amor los unos con los otros.

Juan 13.35

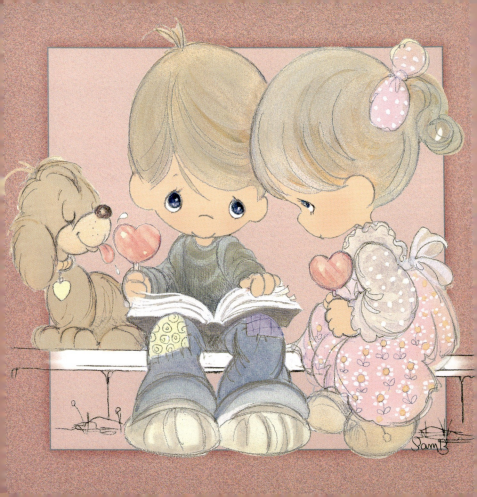

Hijitos míos,
no amemos de palabra
ni de lengua, sino de hecho
y en verdad.

1 Juan 3.18

El Señor os haga crecer
y abundar en amor unos
para con otros y para con todos,
como también lo
hacemos nosotros para
con vosotros.

1 Tesalonicenses 3.12

Amaos los unos a los otros con amor fraternal; en cuanto a honra, prefiriéndoos los unos a los otros.

Romanos 12.10

El amor es sufrido,
es benigno;
el amor no tiene envidia,
el amor no es jactancioso,
no se envanece.

1 Corintios 13.4

Andad en amor,
como también Cristo nos amó,
y se entregó a sí mismo
por nosotros, ofrenda
y sacrificio a Dios en
olor fragante.

Efesios 5.2

Ahora permanecen la fe, la esperanza y el amor, estos tres; pero el mayor de ellos es el amor.

1 Corintios 13.13

> Si nos amamos unos a otros, Dios permanece en nosotros, y su amor se ha perfeccionado en nosotros.
>
> 1 Juan 4.12

Ciertamente la Palabra de Dios y estas alentadoras ilustraciones han tocado su corazón y han ayudado a que su espíritu se goce en el amor inmutable de Dios por usted. Ahora que en su copa se desborda la bondad de Dios, es el momento de mirar a su alrededor y mirar hacia aquellos cuyas copas están secas, vacías, y necesitan la dulce frescura que usted acaba de recibir. Que la gracia de Dios lo acompañe al recibir en lo más profundo de su alma estas palabras de amor. Viértalas en derroche de bendiciones sobre los que Dios ponga en su camino. Recuerde que así como da lo que ha recibido, una palabra de estímulo, un abrazo o un regalo, el Señor le llenará aun más, y aumentará su capacidad de recibir y deleitarse en su amor.